대학살의 신

Le dieu du carnage

LE DIEU DU CARNAGE

by Yasmina Reza

야스미나
레자의
희곡

대학살의 신
Le dieu du carnage

야스미나 레자

박선희 옮김

mujintree
뮤진트리

베로니크 울리에.

미셸 울리에.

아네트 레유.

알랭 레유.

(마흔 살에서 쉰 살 사이)

어느 거실.

사실적일 필요 없음.

불필요한 요소도 필요 없음.

올리에 부부와 레유 부부가 마주 앉아 있다. 무대는 올리에 부부의 집이며, 두 커플이 이제 막 서로를 알게 되었다는 것이 느껴져야 한다.

가운데에는 나지막한 탁자가 하나 있고, 예술에 관한 책들이 놓여 있다.

튤립꽃들이 화병에 가득 담겨 있다.

진지하면서 정중하고 관대한 분위기가 감돈다.

베로니크   이건 저희 진술서고요… 그쪽 건 그쪽에서 작성하시죠…. 11월 3일, 17시 30분에 아스피랑-뒤낭 공원에서 말다툼 끝에 11세의 페르디낭 레유가 막대기로 무장하고서 우리 아들 브뤼노 올리에의 얼굴을 후려쳤다. 이 행위의 결과로 브뤼노는 윗입술이 붓고 타박상을 입은 것 외에도 앞니 두 개가 부러졌으며, 오른쪽 앞니는 신경까지 손상되었다.

알랭   무장요?

베로니크   '무장'이 걸리세요? 미셸, 그럼, 뭐라고 하지, 막대기를 지참하고, 들고, 막대기를 들고, 라고 하면 괜찮겠어요?

알랭   '들고'가 좋겠네요.

베로니크 *(고쳐 쓰며)* 들고. 참 아이러니하네요. 몽수리 공원 과는 달리 아스피랑-뒤낭 공원은 늘 안전한 곳이 라고 생각했거든요.

미셸   맞아요, 몽수리는 안 돼, 아스피랑-뒤낭은 좋아, 이랬거든요.

베로니크 어째서 그랬는지, 원. 이렇게 와주신 데 감사드려 요. 감정적으로 나서서야 얻을 게 하나도 없죠.

아네트   감사는 저희가 드려야죠.

베로니크 우리가 서로 고마워할 상황은 아닌 것 같지만 말 이죠. 다행히도 아직은 이웃 간의 정이라는 게 있 죠, 안 그래요?

알랭   아이들은 그런 걸 모르는 것 같지만요. 우리 애 말 입니다!

아네트   네, 우리 애가 그래요!… 그런데 신경이 상한 이는 어때요?

베로니크 아직은 모르겠어요. 우리야 진단으로밖에 모르니 까요. 보아하니 신경이 완전히 노출되진 않았나 봐요.

미셸	일부만 노출되었다네요.
베로니크	네, 일부는 노출되고, 일부는 아직 괜찮다고요. 그래서 지금 당장 신경을 완전히 죽이진 않을 건가 봐요.
미셸	치아에 회복할 기회를 줘야죠.
베로니크	아무래도 신경 죽이는 건 피하는 게 좋죠.
아네트	그럼요….
베로니크	그러니까 시간을 두고 신경에 회복할 기회를 줄 모양이에요.
미셸	우선은 세라믹으로 씌워둘 거라네요.
베로니크	어쨌든, 열여덟 살이 되기 전까진 보철을 못 하니까요.
미셸	안 되죠.
베로니크	최종 보철은 성장이 끝나야 할 수 있다네요.
아네트	물론이죠. 제발… 제발 모든 게 잘 되면 좋겠어요.
베로니크	그러길 바라야죠.

짧은 사이.

아네트	튤립꽃이 참 예쁘네요.
베로니크	무통-뒤베르네 시장의 작은 꽃집에서 샀어요. 꼭대기에 있는 꽃집 있잖아요.
아네트	아, 그렇군요!
베로니크	우리 애는 페르디낭을 이르길 원치 않았답니다.
미셸	그래요, 원치 않았죠.
베로니크	얼굴도 이빨도 만신창이가 된 애가 입 꾹 다물고 있는 게 어찌나 보기 딱하던지요.
아네트	그러셨겠어요.
미셸	친구들에게 고자질쟁이로 보이는 게 싫기도 한 거죠. 말은 바로 해야지, 베로니크. 의리 때문에 그런 것만은 아니었잖아.
베로니크	그야 그렇지만, 의리도 집단을 생각하는 거니까.
아네트	당연히 그렇죠… 그러면?… 페르디낭의 이름은 어떻게 아셨어요?
베로니크	브뤼노에게 그 애를 감싸는 게 꼭 돕는 건 아니라고 말했죠.
미셸	사람 때리고도 아무 일 없으면 계속 때려도 된다고 생각할지 모른다고. 그 애가 그만 때리길 바라

지 않냐고 말했죠.

베로니크 우리가 그 아이의 부모였다면 꼭 알려주길 바랐을
거라고 했죠.

아네트 물론이죠.

알랭 네…(전화기가 진동한다). 실례합니다…. (그는 무리
에서 조금 떨어져 통화하면서 주머니에서 일간지를 꺼
낸다)…. 알았어요, 모리스, 전화 줘서 고마워요. 오
늘 아침 〈레 제코〉지에 실린 걸 읽어 드릴게요. "영
국의 〈란싯Lancet〉지에 발표되고 어제 〈F. T.〉에 게
재된 연구 결과에 따르면, 오스트레일리아의 연구
자 두 명이 베렌즈-파르마 연구소의 고혈압치료제
인 앤트릴Antril의 신경계 부작용을 밝혀냈다고 한
다. 난청과 운동실조로 이어지는"…. 회사에서 언
론담당은 대체 누가 하죠?… 일이 제대로 터졌어
요…. 아뇨, 진짜 문제는 주주총회지요. 보름 후에
열리잖습니까. 소송 대비는 해두셨겠지요?… 오케
이…. 그리고, 모리스, 모리스, 다른 데도 실렸는지
확인해보세요…. 나중에 봅시다…. (전화를 끊는다.)
미안합니다.

미셸	하시는 일이….
알랭	변호사입니다.
아네트	아버님은요?
미셸	저는 물품 도매업 쪽 매니저입니다. 베로니크는 작가예요. 예술 및 역사 책방에서 파트타임으로도 일하고요.
아네트	작가세요?
베로니크	시바 문명에 관한 책의 공동 집필에 참여했어요. 에티오피아와 에리트레아 사이의 분쟁이 끝나면서 재개된 발굴부터요. 그리고 1월에 다르푸르의 비극에 관한 책이 한 권 나올 예정이죠.
아네트	아프리카 전문가시군요.
베로니크	그쪽 세계에 관심이 많아요.
아네트	다른 아이도 있으세요?
베로니크	브뤼노에겐 아홉 살 난 여동생이 있어요. 카미유인데, 지금 화가 잔뜩 나 있죠. 어젯밤에 제 아빠가 햄스터를 갖다버렸거든요.
아네트	햄스터를 버렸다고요?
미셸	네. 밤마다 엄청 시끄럽거든요. 낮에는 잠만 자고

요. 브뤼노가 햄스터 때문에 잠도 못 자고 괴로워
해서요. 사실 저야 오래전부터 없애고 싶었습니다
만, 더는 못 참아서 길에 내다 버렸죠. 배수로나 하
수구를 좋아하는 동물인데, 웬걸요. 길에 내놓으
니 어쩔 줄 모르고 굳어 버리더라고요. 사실 햄스
터는 애완동물도 아니고 야생동물도 아니죠. 그놈
들에게는 어디가 적합한 자연환경인지 모르겠어
요. 녀석들은 숲속에 놓아줘도 불행할 겁니다. 그
것들을 어디에 둬야 하는지 모르겠어요.

아네트   그냥 밖에다 내놓았다고요?

베로니크   놔주었죠. 그러곤 카미유에게 햄스터가 도망갔다
고 얘기하려고 했는데, 믿지 않았죠.

알랭   아침에 보니 햄스터가 사라졌다고 말인가요?

미셸   네.

베로니크   그런데, 어머님은 무슨 일을 하세요?

아네트   자산 관리사예요.

베로니크   저… 이렇게 대놓고 얘기해서 미안합니다만, 페르
디낭이 브뤼노에게 사과하면 좋겠어요.

알랭   서로 말이라도 하면 다행이죠.

아네트   당연히 사과를 해야죠. 알랭, 애가 사과해야지.

알랭   그래, 물론, 그래야지.

베로니크 미안해하긴 하던가요?

알랭   지가 한 짓은 알지요. 그렇지만 얼마나 심각한지는 모르죠. 열한 살이잖아요.

베로니크 열한 살이면 애는 아니잖아요.

미셸   그렇다고 어른도 아니지! 이런, 우리가 마실 것도 안 권했네요. 커피나 차 좀 드시겠어요? 클라푸티 도 좀 남아 있지? 아주 특별해요!

알랭   진한 커피라면 좋죠.

아네트   저는 물만 한 잔 주세요.

미셸   *(나가려는 베로니크에게)* 여보, 나도 에스프레소 한 잔 줘. 그리고 클라푸티도 가져와. *(사이)* 저는 늘 이렇게 말하죠. 진흙탕에 빠져도 허우적거려 봐야 한다고요. 그러다 보면 뭔가는 만들어질 거라고 요. 당장은 어찌 알겠어요?

아네트   음.

미셸   저희집 클라푸티는 꼭 맛보셔야 해요. 맛난 클라 푸티를 만나기는 힘들거든요.

아네트   맞아요.

알랭   근데 뭘 파세요?

미셸   철물 집기들이죠. 자물쇠, 문고리, 용접용 구리, 그
리고 냄비나 프라이팬 같은 주방용품들도 팔고
요….

알랭   잘 팔립니까?

미셸   이쪽이야 대박이 나고 그런 건 없죠. 시작할 때부
터 이미 힘들었어요. 그래도 가방에 카탈로그를
넣고 매일 나서면 웬만큼은 팔리죠. 이쪽은 섬유
분야처럼 계절을 타진 않으니까요. 그래도 푸아그
라를 담는 용기는 12월에 더 잘 팔리죠!

알랭   그렇군요….

아네트   햄스터가 겁에 질려 있는 걸 보셨으면서 왜 집으로
다시 데려오지 않으셨어요?

미셸   만질 수가 없었거든요.

아네트   길에 내놓을 땐 만지셨잖아요.

미셸   상자째로 가져가서 뒤엎었죠. 난 그런 짐승은 못
만져요.

베로니크가 음료와 클라푸티가 담긴 쟁반을 들고 돌아온다.

베로니크 클라푸티를 누가 냉장고에 넣어둔 거야. 모니카는
뭐든지 냉장고에 집어넣어. 도무지 말이 안 통해.
페르디낭은 뭐라고 해요? 설탕 드려요?

알랭 아뇨, 아뇨. 뭐로 만든 클라푸티예요?

베로니크 사과와 배예요.

아네트 사과와 배요?

베로니크 저만의 비법이죠. *(클라푸티를 잘라서 덜어 준다.)* 너
무 차가워서 좀 아쉽네요.

아네트 사과와 배로 만든 건 처음 봐요.

베로니크 사과와 배로 만드는 게 전통적 방식인데, 제가 살
짝 변형했죠.

아네트 그래요?

베로니크 배를 사과보다 더 두껍게 잘라야 해요. 배가 사과
보다 빨리 익으니까요.

아네트 아, 그렇군요.

미셸 그렇지만 진짜 비결은 따로 있죠.

베로니크 일단 맛을 좀 보세요.

알랭	맛있어요. 아주 맛있네요.
아네트	정말 맛있어요.
베로니크	…생강빵 가루를 좀 넣어요!
아네트	아하!
베로니크	피카르디식 클라푸티인데, 솔직히 말하자면 시어머니에게 배웠어요.
알랭	생강빵이라, 정말 맛있어요…. 적어도 이 일로 한 가지 요리법은 건졌네요.
베로니크	우리 아들이 이빨 두 개를 잃지 않았더라면 좋았겠지만요.
알랭	물론, 제가 하려던 말이 바로 그겁니다.
아네트	당신, 말을 왜 그렇게 해.
알랭	아니, 내 말은…(휴대폰이 진동하자 그는 휴대폰 화면을 들여다본다.) 이건 꼭 받아야 하는 전화라… 네, 모리스… 아뇨, 쓰지 마세요. 그래 봤자 괜히 불만 지르게 될 겁니다…. 예비비는 마련해둔 겁니까?… 음, 음… 운동실조라니, 그게 어떤 겁니까?… 복용량을 지켰는데 말입니까?… 언제 알게 된 거죠?… 그런데 리콜 안 했어요?… 매출이 얼

마나 되죠?… 그렇군요. 알았습니다. 좋아요. *(그는 전화를 끊고 이내 다른 번호를 누르며 클라푸티를 집어 삼킨다.)*

아네트   알랭, 기다리시잖아.

알랭   알았어, 곧 끝나…. *(휴대폰에 대고)* 세르주?… 그 사람들이 2년 전에 부작용을 알았대… 내부보고로, 그렇지만 부작용이 공식적으로 확증된 건 아니고… 아니, 대책은 전혀 안 세워두었고, 예비비도 없고, 연례보고서에 한 마디도 안 썼대…. 술 취한 듯한 걸음걸이에다 균형 상실, 그냥 고주망태 꼴이 되나 봐…. 크크크*(그는 동료와 함께 웃는다)*. 매출이 1억5천만 달러나 된대…. 일단 무조건 부인해야 해…. 글쎄 그 멍청이가 신문에 반론게재 청구 편지를 써달라는 거야. 그건 절대로 쓰면 안 돼. 대신, 기사가 계속 나오면 공식성명을 내자고. 주주총회를 보름 앞두고 고의로 거짓 소문을 낸 것처럼. 오케이…*(전화를 끊는다)*. 바빠서 밥 먹을 시간도 없어요.

미셸   드세요. 많이 드세요.

알랭   고맙습니다. 제가 예의 없이. 무슨 얘기를 하고 있
        었죠?

베로니크 우리가 다른 일로 만났더라면 더 좋았을 거라고요.

알랭   아, 물론 그렇죠. 이 클라푸티가 친정어머님의 요
        리법이라고요?

미셸   우리 어머니 요리법인데, 만든 건 베로니크예요.

베로니크 당신 어머니는 배와 사과를 섞지 않잖아!

미셸   그렇지.

베로니크 딱하게도 곧 수술받으셔야 해요.

아네트   아, 왜죠?

베로니크 무릎 때문이에요.

미셸   금속과 폴리에틸렌으로 된 회전 보철물을 넣을 건
        데, 나중에 화장을 하면 뭐가 남을지 걱정하시더
        라고요.

베로니크 무슨 그런 말을 해.

미셸   아버지 옆에 묻히기 싫으시대요. 화장해서 남쪽에
        홀로 계신 할머니 옆에 놓아 달라고 하시네요. 유
        골함 두 개가 바다를 마주 보고 도란도란 얘기를
        나누겠죠. 하, 하!…

웃음 띤 어색한 사이.

아네트   이렇게 너그러우셔서 저희는 정말 감동했어요. 상황을 적대적으로 몰고 가지 않고 원만하게 처리하려고 애써주셔서 정말 감사해요.

베로니크   별말씀을요.

미셸   당연하죠!

아네트   아녜요, 부모들은 대개 자기 아이 편을 들잖아요. 애들처럼 되는 거죠. 만약 브뤼노가 페르디낭의 이를 두 개나 부러뜨렸더라면 알랭과 저는 아마 훨씬 더 감정적으로 행동했을 겁니다. 저희가 이렇게 관대했을지는 잘 모르겠어요.

미셸   그럴 리가요!

알랭   아내 말이 맞아요. 자신 없어요.

미셸   그렇지 않아요. 반대 상황이 될 수도 있었다는 걸 우리 모두 알잖아요.

사이.

베로니크 페르디낭은 뭐라 해요? 이 상황을 어떻게 받아들
여요?

아네트 걘 말이 별로 없어요. 좀 당황했나 봐요.

베로니크 친구 얼굴을 망가뜨린 건 알고요?

알랭 아뇨, 친구 얼굴 망가뜨린 건 몰라요.

아네트 당신 왜 그렇게 말해? 페르디낭도 당연히 알죠!

알랭 지가 난폭하게 군 건 알지만, 친구 얼굴을 망가뜨
린 건 몰라요.

베로니크 표현이 거슬리시나 본데, 말이야 맞는 말이죠.

알랭 우리 아들이 댁 아들의 얼굴을 망가뜨리진 않았죠.

베로니크 댁의 아들이 우리 아들의 얼굴을 망가뜨렸죠. 이
따 저녁 다섯 시에 다시 오셔서 그 애 입과 이빨을
좀 보세요.

미셸 일시적으로 망가뜨렸죠.

알랭 입 부은 건 곧 가라앉을 테고, 이빨은 최고 좋은
치과의사에게 데려가야 하면 제가 치료비를 물겠
습니다….

미셸 그런 건 보험이 알아서 하겠죠. 우리는 아이들이
화해하고 이런 일이 다시는 안 일어나길 바랄 뿐

이에요.

아네트　만날 날짜를 잡죠.

미셸　그러죠.

베로니크　부모도 같이요?

알랭　걔들은 코치가 필요 없어요. 남자들끼리 해결하도록 둡시다.

아네트　남자들끼리라니, 알랭, 무슨 그런 소릴. 이 사람 말은 우리가 함께 있을 필요가 없겠다는 거죠. 우리가 없는 게 낫지 않을까요?

베로니크　우리가 있고 없고가 문제가 아니죠. 그 애들이 화해하고 싶어 하느냐가 문제죠. 애들이 얘기 나누길 바랄까요?

미셸　브뤼노는 그러고 싶어 해요.

베로니크　페르디낭은요?

아네트　그러라고 해야죠.

베로니크　그 애가 정말 원해서 해야죠.

아네트　페르디낭이 깡패처럼 굴었으니 우린 그 애 마음 상태엔 관심 없어요.

베로니크　페르디낭이 벌 받는 심정으로 브뤼노를 만난다면 긍정적인 효과가 날 것 같지 않은데요.

알랭 우리 아들은 막돼먹었어요. 그 애가 별안간 회개하길 바라신다면 꿈 깨세요. 미안하지만 저는 이만 사무실로 가봐야 해요. 아네트, 당신이 남아서 결정하고 나중에 얘기해줘. 어쨌든 난 아무 도움도 안 될 테니까. 여자들은 남자가, 아버지가 있어야 한다고 생각하죠. 무슨 도움이 될 줄 알고. 남자는 이리저리 끌려다니는 짐짝일 뿐이에요. 꿔다 놓은 보릿자루 같고 서툴기만 하죠. 아, 여기서 지상철이 보이네요, 재밌네요!

아네트 죄송하지만 저도 가봐야겠어요…. 저이는 유모차를 밀 그런 아빠가 못 돼요.

베로니크 안타깝네요. 아이와 산책하는 게 얼마나 멋진 일인데요. 그런 시간은 빨리도 지나가거든요. 미셸, 당신은 아이들 돌보는 걸 좋아했잖아. 유모차 미는 것도 좋아했고.

미셸 그래, 그렇지.

베로니크 그럼, 어떡할까요?

아네트 브뤼노랑 저녁 7시 반쯤 저희집에 오실 수 있으세요?

베로니크   저녁 7시 반요? 미셸, 당신 생각은 어때?

미셸   제 생각을 말씀드리자면….

아네트   얘기하세요.

미셸   제 생각엔 페르디낭이 와야 할 것 같은데요.

베로니크   네, 저도 그래요.

미셸   피해자가 가는 건 아니죠.

베로니크   맞아요.

알랭   저녁 7시 반엔 난 아무 데도 못 가.

아네트   당신은 필요 없어. 아무 도움도 안 된다며.

베로니크   그래도 아버님이 계시면 좋죠.

알랭   *(휴대폰이 진동한다).* 좋아요, 그래도 오늘 저녁은 안 돼요. 여보세요?… 보고서엔 아무 언급도 없었어. 부작용 위험은 공식적으로 확정된 게 아니라고. 증거도 없어…. *(전화를 끊는다.)*

베로니크   내일은요?

알랭   내일은 제가 헤이그에 있어요.

베로니크   헤이그에서 일하세요?

알랭   국제형사재판소에서 볼일이 있어요.

아네트	중요한 건 아이들이 얘기를 나누는 거죠. 제가 페르디낭을 데리고 저녁 7시 반에 올게요. 애들끼리 얘기하게 둡시다. 왜요? 마음에 안 드세요?
베로니크	페르디낭이 책임감을 안 느낀다면 애들은 개처럼 서로 멀뚱히 쳐다보기만 할 테고, 그러면 상황은 더 나빠질 거예요.
알랭	그게 무슨 말이죠? 책임감을 안 느낀다니요?
베로니크	댁의 아들이 설마 막돼먹은 건 아니잖아요.
아네트	절대 아니죠!
알랭	막돼먹었어요.
아네트	알랭, 왜 그런 소리를 해?
알랭	걘 막돼먹었다고요.
미셸	자기 행동에 대해 뭐라 하던가요?
아네트	그 앤 얘기를 안 해요.
베로니크	얘길 해야죠.
알랭	이봐요, 해야 한다는 게 참 많기도 하네요. 걔가 와야 한다, 걔가 말을 해야 한다, 걔가 뉘우쳐야 한다. 보아하니 저희가 못 가진 능력을 많이 갖추신 모양이네요. 우리도 곧 따라갈 테니 그동안 좀 너

	그러이 봐주시죠.
미셸	자, 자! 이렇게 어리석게 끝내진 말자고요.
베로니크	난 그 애를 위해 하는 말이에요. 페르디낭을 위해 하는 말이라고요.
알랭	어련하시겠어요.
아네트	잠깐 다시 앉을까요.
미셸	커피 한잔 더 하시겠어요?
알랭	커피 좋아요.
아네트	그럼, 저도 주세요. 고맙습니다.
미셸	여보, 그냥 있어. 내가 할게.

사이.

아네트는 낮은 탁자 위에 놓인 예술 서적들 중 몇 권을 조심스레 만진다.

아네트	그림 좋아하시나 봐요.
베로니크	그림, 사진. 제 직업이기도 하죠.
아네트	저도 베이컨 좋아해요.
베로니크	아 네, 베이컨.

아네트　　(*책을 뒤적이며*)… 잔혹함과 화려함이 공존하죠.

베로니크　혼돈과 균형도요.

아네트　　네….

베로니크　페르디낭은 예술에 관심 있어요?

아네트　　필요한 만큼은 아니죠. 댁의 아이들은요?

베로니크　애쓰고 있어요. 학교에서 안 가르치는 걸 채워주
　　　　　　려고요.

아네트　　그렇군요….

베로니크　책도 읽게 하고, 콘서트나 전시장에도 데려가죠.
　　　　　　저희는 문화의 평화적 힘을 믿거든요!

아네트　　옳은 말씀이에요.

　　　미셸이 커피를 들고 돌아온다.

미셸　　　클라푸티는 케이크인가요 아니면 파이인가요? 진
　　　　　　지한 질문이에요. 부엌에서 문득 생각이 났는데,
　　　　　　왜 린저토르테[1]는 파이죠? 자, 자, 요걸 남길 순

---

1) 오스트리아 린츠 지방의 전통 명과.

없죠. 더 드세요.

베로니크 클라푸티는 케이크지. 반죽을 펴지 않고 과일과 섞으니까.

알랭 전문 셰프신가 봐요.

베로니크 제가 좋아해서요. 요리는 좋아해야 해요. 내 관점으론 납작하게 만든 고전적 파이만이 파이라 불릴 만해요.

미셸 두 분은 자녀가 더 있습니까?

알랭 첫 번째 결혼에서 낳은 아들이 하나 있어요.

미셸 중요한 건 아니지만 애들이 왜 싸웠을까 궁금했더랬어요. 브뤼노가 그건 말을 안 해서요.

아네트 브뤼노가 페르디낭을 패거리에 안 끼워줬대요.

베로니크 브뤼노에게 패거리가 있어요?

알랭 그리고 '고자질쟁이' 취급도 했대요.

베로니크 브뤼노에게 패거리가 있다는 걸 당신은 알았어?

미셸 아니. 그렇다 하니 좋은걸.

베로니크 뭐가 좋은데?

미셸 나도 대장이었거든.

알랭 나도 그랬죠.

베로니크　대장이 뭐 하는 건데?

미셸　또래 애들 대여섯이 날 좋아하고 내게 헌신하는 거지. 아이반호[2]처럼.

알랭　바로 그거죠, 아이반호처럼!

베로니크　요새 누가 아이반호를 안다고?

알랭　요즘 애들이야 다른 영웅이 있겠죠. 스파이더맨 같은.

베로니크　보아하니 저희보다 더 많이 알고 계시네요. 말씀과 달리, 페르디낭이 말을 했나 봐요. 그런데 왜 '고자질쟁이'라고 했을까요? 아네요. 괜한 질문을 했네요. 상관도 없는 일인데 말이죠.

아네트　애들 싸움에 참견하진 말아야죠.

베로니크　우리가 상관할 일이 아니죠.

아네트　상관없죠.

베로니크　그저 이 불상사만 우리가 상관할 일이죠. 폭력 말이에요.

미셸　내가 패거리 대장이었을 때는 나보다 힘센 디디에

---

2) 영국 작가 월터 스콧의 소설《아이반호》의 주인공.

르글뤼와 정정당당하게 싸워서 때려눕혔더랬죠.

베로니크 당신, 무슨 얘길 하는 거야? 그게 무슨 상관이야.

미셸 상관이야 없지.

베로니크 정정당당한 싸움 얘기를 하는 게 아니잖아. 얘들은 싸운 게 아니야.

미셸 그렇지, 맞아. 그냥 추억을 얘기한 것뿐이야.

알랭 크게 다를 게 없는데요.

베로니크 다르죠. 미안하지만, 차이가 있죠.

알랭 뭐가 다르죠?

미셸 디디에 르글뤼와 나는 합의하고 싸웠거든요.

알랭 그 애는 안 얻어터졌나요?

미셸 물론 좀 터지긴 했죠.

베로니크 제발 디디에 르글뤼는 잊자고요. 제가 페르디낭과 얘기 좀 해도 될까요?

아네트 물론이죠!

베로니크 두 분이 동의하지 않으시면 안 할게요.

아네트 얘기하세요. 자연스러운 일이죠.

알랭 행운을 빌어요.

아네트 알랭, 그만 좀 해. 왜 그러는 거야.

알랭   부인께서….

베로니크 베로니크라고 부르세요. 말이 편하면 일도 더 잘
         풀릴 테니까요.

알랭   베로니크. 호의로 가르치고 싶어 하시는 줄은 알겠
        습니다만….

베로니크 싫으시다면 얘기하지 않을게요.

알랭   하세요, 설교도 하시고, 뭐든 하고 싶은 대로 다
        하세요.

베로니크 왜 아이에게 좀 더 신경 쓰시지 않는지 모르겠어
        요….

알랭   부인….

미셸   베로니크.

알랭   베로니크, 저는 지금 더할 나위 없이 신경 쓰고
        있습니다. 우리 아들이 다른 아이를 다치게 했으
        니….

베로니크 고의로요.

알랭   그런 발언은 퍽 거슬리네요. 고의요, 우리도 압니다.

베로니크 중요한 차이점이니까요.

알랭   뭐와 뭐의 차이점입니까? 제가 다른 얘기를 하는

게 아니잖아요. 우리 아들이 막대기를 집어 들어 댁의 아들을 쳤죠. 그것 때문에 여기 모인 거고요, 아닙니까?

아네트   쓸데없는 소리나 하고 있으니.

미셸   맞습니다. 이런 논쟁은 쓸모없어요.

알랭   왜 "고의"라는 말을 끼워 넣을 마음이 드셨나요? 저한테 무슨 교훈을 주시려고요?

아네트   점점 우스워지네요, 남편이 다른 일로 스트레스가 많아요. 오늘 저녁에 제가 페르디낭을 데리고 다시 올 테니, 일을 순리대로 해결해요.

알랭   난 전혀 스트레스 없는데.

아네트   내가 스트레스 있다고.

미셸   스트레스 받을 이유는 없잖아요.

아네트   있죠.

알랭   *(휴대폰이 진동한다)* 대답하지 마세요… 아무 대답도 말아요…. 아뇨, 리콜도 하지 마시고요! 리콜을 하면 책임져야 합니다…. 앤트릴을 리콜하면 당신네 책임을 인정하는 게 된다고요! 연례보고서엔 아무 언급도 없어요. 허위 결산으로 기소되어 보름 내로 하선하고 싶으시면 리콜을 하시든지요….

베로니크 작년 학교 축제 때 페르디낭은 무슨 역할을 맡았죠?

아네트 푸르소냑 씨[3] 역할요.

베로니크 푸르소냑 씨라.

알랭 피해자는 나중에 생각하자고요. 모리스…, 주주총회 후에 추이를 봐가면서….

베로니크 연기 잘했죠.

아네트 네….

알랭 고작 세 명이 비틀거리며 걷는다고 약을 리콜할 건 아니죠!… 지금은 아무 대답도 하지 마세요…. 네. 나중에 봐요…. *(전화를 끊고 동료에게 전화를 건다.)*

베로니크 〈푸르소냑 씨〉 작품에서 본 기억이 나요. 당신도 기억나지?

미셸 그래, 나지….

베로니크 여자로 변장한 모습이 재밌었어요.

아네트 네….

---

3) 몰리에르의 〈푸르소냑씨〉의 주인공.(─옮긴이)

알랭   (동료에게). 그 사람들은 혼이 나갔어. 언론에 쫓기
           고 있으니. 보도자료는 작성하되 수세적이어서는
           안 돼. 오히려 공격적으로 나가. 베렌츠-파르마 제
           약이 주주총회가 열리기 2주 전에 주가를 흔들려
           는 공작의 피해자가 되었다는 사실을 강조하라고.
           그런 연구의 출처가 어디이며, 왜 하필 지금 하늘
           에서 떨어졌는지 등등. 건강 문제는 입밖에도 내지
           말고. 그저 한 가지 질문만 던져. 이 연구의 배후
           는 누구인가?… 좋아. *(전화를 끊는다.)*

           짧은 사이.

미셸   저런 제약회사들은 끔찍하네요. 이윤, 이윤만 생각
           하고.
알랭   제 통화를 듣지 말았어야죠.
미셸   제 앞에서 통화하지 말았어야죠.
알랭   전들 그러고 싶었겠어요? 여기 강제로 끌려왔으니.
           제 의지와 상관없이.
미셸   양심의 가책도 없이 쓰레기 같은 약을 팔아치우

는군요.

알랭   의약 분야는 모든 발전에 이점과 위험이 따르죠.

미셸   네, 어련할까요. 그래도 참 이상한 직업을 가지셨
네요.

알랭   그게 무슨 말입니까?

베로니크 미셸, 상관없는 일이잖아.

미셸   이상한 직업이라고요.

알랭   그러는 당신 일은 어떤데요?

미셸   저야 평범한 직업이죠.

알랭   평범한 직업이 어떤 건데요?

미셸   말씀드렸듯이 저야 냄비를 팔죠.

알랭   문고리도 파시고요.

미셸   그리고 화장실 수세장치도 팔죠. 그 밖에도 많은
걸 팔아요.

알랭   아, 화장실 수세장치라. 그것 참 흥미롭네요.

아네트   알랭.

알랭   흥미롭잖아. 화장실 수세장치라니.

미셸   왜 안 그러시겠어요.

알랭   종류가 얼마나 있죠?

미셸	두 가지 방식이 있어요. 누르는 것과 당기는 것.
알랭	아, 그렇군요.
미셸	수도관에 따라.
알랭	아 네.
미셸	물이 위에서 오느냐 아래에서 오느냐에 달렸죠
알랭	그렇군요.
미셸	원하신다면 전문업자를 소개해드릴 수 있어요. 좀 멀어서 행차하시기 힘들겠지만요.
알랭	하시는 일을 아주 훤히 꿰고 있으시네요.
베로니크	어떤 식으로든 페르디낭에게 벌을 주실 생각이세요? 배수관 얘기는 다른 데서 하시고요.
아네트	속이 안 좋아요.
베로니크	왜 그러세요?
알랭	당신, 얼굴이 창백해.
미셸	정말 하얗게 질리셨네요.
아네트	토할 것 같아요.
베로니크	토해요? 약이라도….
아네트	아뇨, 괜찮아질 거예요….
베로니크	뭐라도… 콜라. 콜라를 마시면 좋아요. *(곧장 콜라*

를 가지러 간다.)

아네트   괜찮을 겁니다….

미셸   조금 걸어보세요. 몇 발짝이라도.

아네트는 몇 걸음 걷는다.

베로니크가 콜라를 들고 돌아온다.

아네트   이걸 마시면 괜찮아질까요?

베로니크   네, 네, 몇 모금만 마셔 보세요.

아네트   고마워요….

알랭   *(어느새 사무실로 전화를 걸고 있다.)* 세르주 좀 바꿔
줘요. 아, 그래요? 전화해 달라고, 당장 전화하라고
전해줘요. *(전화를 끊는다.)* 콜라가 괜찮을까요? 설
사할 때나 좋은 것 아니에요?

베로니크   꼭 그런 건 아니에요. *(아네트에게)* 괜찮으세요?

아네트   좀 낫네요. 부인, 우리 아이를 혼낼 때는 우리 방
식으로 할 겁니다. 보고 같은 건 안 할 거고요.

미셸   그럼요.

베로니크   뭐가 그럼요야?

미셸	저분들의 자식인데 저분들 마음대로지.
베로니크	난 그렇게 생각 안 해.
미셸	뭘 그렇게 생각 안 한다는 거야?
베로니크	저분들 마음대로가 아니라고.
알랭	저런, 말씀 계속해 보시죠. *(전화기가 진동한다.)* 미안합니다…. *(동료에게)* 좋아…. 그렇지만 입증된 건 아무것도 없다는 걸 잊지 마, 확증은 없다고. 착각하지 마, 우리가 망치면 모리스는 2주 후에 끝장나는 거야, 그리고 우리도 함께 끝장나고.
아네트	그만 좀 해 알랭! 그 휴대폰 더는 못 참겠어! 그만 좀 하라고!
알랭	그래… 나중에 전화로 읽어줘. *(전화를 끊는다.)* 왜 그래 당신, 그렇게 소리를 지르고, 미쳤어? 세르주가 다 들었잖아!
아네트	잘됐네! 온종일 그 전화 때문에 지겨워 죽겠어!
알랭	아네트, 내가 여기 와준 것만도 고마워해야지!
베로니크	대단하시네요.
아네트	토할 것 같아.
알랭	아냐, 토하지 않아.

아네트	토해….
미셸	화장실로 가실래요?
아네트	*(알랭에게)* 당신한테 있으라고 강요하는 사람 없어….
베로니크	그럼요, 아무도 강요하지 않아요.
아네트	어지러워….
알랭	먼 데 한 곳을 바라봐. 투투, 한 지점을 봐.
아네트	저리 가, 가만 내버려 둬.
베로니크	그래도 화장실에 가시는 게 좋을 것 같아요.
알랭	화장실로 가. 토할 것 같으면 화장실로 가.
미셸	약을 좀 드려.
알랭	클라푸티 때문은 아니겠죠?
베로니크	어제 만든 거예요!
아네트	*(알랭에게)* 날 건드리지 마!
알랭	투투, 진정해.
미셸	별 것 아닌 일로 그렇게 흥분하지 마세요.
아네트	남편은 집, 학교, 정원 일이 전부 내 소관이라 생각하죠.
알랭	아냐!

아네트	맞잖아. 당신이 이해돼. 이 모든 게 죽도록 지겨우
	니까. 죽도록.
베로니크	그렇게 죽도록 지겨운데 아이는 왜 낳으셨어요?
미셸	어쩌면 페르디낭이 그런 무관심을 느꼈나 봅니다.
아네트	무슨 무관심요?!
미셸	방금 그런 뜻으로 말씀하셨잖아요.

아네트가 요란하게 토한다.
갑작스러운 참사처럼 쏟아진 토사물이 알랭에게 튄다.
탁자 위의 예술 서적들에도 토사물이 튄다.

| 미셸 | 양동이 가져와, 양동이 가져오라고! |

베로니크는 달려가고, 미셸은 커피 쟁반을 내민다.
아네트는 또다시 구토를 하지만, 나오는 건 없다.

| 알랭 | 투투, 화장실로 갔어야지, 이게 뭐야! |
| 미셸 | 양복에 튀었어요! |

*베로니크가 양동이와 걸레를 들고 돌아온다. 아네트에게 양
동이를 건넨다.*

베로니크   클리푸티 때문은 아니에요. 절대 아니에요.

미셸   클라푸티 때문은 아니지. 신경이 곤두서서 그런
거야. 신경 때문이야.

베로니크   *(알랭에게)* 욕실에서 씻으시겠어요? 맙소사, 내 코
코슈카! 세상에나!

아네트가 양동이에 위액을 토한다.

미셸   약을 좀 드려.

베로니크   지금은 아냐, 저 상태로는 아무것도 삼키지 못할
거야.

알랭   욕실이 어디죠?

베로니크   제가 안내하죠.

베로니크와 알랭이 나간다.

미셸   신경이 곤두서서 그래요. 신경 발작이에요. 아네
       트, 당신은 엄마시잖아요. 좋아하든 싫어하든. 스
       트레스 받으시는 것 이해해요.

아네트 욱….

미셸   우리를 지배하는 것을 우리가 지배하진 못하거든
       요.

아네트 우웩….

미셸   저는 뒷목이 그래요. 뒷목이 굳죠.

아네트 웩…. *(위액이 조금 더 나온다.)*

베로니크 *(다른 양동이에 수세미를 담아 들고 돌아온다.)* 코코
       슈카 책은 어떡하지?

미셸   세제로 닦아…. 문제는 말리는 거야. 아니면 물로
       씻어내고 향수를 조금 뿌려봐.

베로니크 향수?

미셸   내 콜롱 향수 써. 난 안 쓰니까.

베로니크 종이가 울 텐데.

미셸   드라이기로 좀 말린 뒤 무거운 책으로 눌러둬 봐.
       아니면 다리미로 다리든가.

베로니크 세상에나….

아네트	제가 다시 사드릴게요….
베로니크	못 구하는 거예요! 오래전에 절판돼서!
아네트	정말 미안합니다….
미셸	살려보자고. 내가 해볼게.

베로니크는 양동이와 수세미를 일그러진 얼굴로 건넨다.
미셸은 책을 닦기 시작한다.

베로니크	53년 런던 전시회 카탈로그를 복간한 건데, 20년도 더 된 거라고요!
미셸	가서 드라이기 좀 가져와. 콜롱도. 수건 넣는 장 속에 있어.
베로니크	남편분이 계시잖아.
미셸	벗고 있는 건 아니잖아! *(그녀는 나가고 그는 계속 닦는다.)* 대충 다 닦았네. 여기만 더 닦으면 되겠어…. 좀 갖다올게요.

미셸이 더러운 양동이를 들고 나간다. 베로니크와 미셸이 거의 동시에 돌아온다. 베로니크는 향수병을 들고 있고, 미셸은

깨끗한 물이 담긴 양동이를 들고 있다.

미셸은 닦던 일을 마무리 짓는다.

베로니크　*(아네트에게)* 좀 괜찮으세요?

아네트　　네.

베로니크　이걸 뿌려?

미셸　　　드라이기는 어디 있어?

베로니크　남편분이 쓰고 나서 가져올 거야.

미셸　　　드라이기부터 기다려. 콜롱은 마지막에 뿌려야지.

아네트　　저도 욕실 좀 사용할 수 있을까요?

베로니크　네, 네, 그럼요.

아네트　　죄송해서 어떡하죠….

베로니크는 아네트와 함께 나갔다가 이내 돌아온다.

베로니크　이게 무슨 끔찍한 악몽이람!

미셸　　　저 남자가 날 너무 몰아부쳤어.

베로니크　저 여자도 끔찍해

미셸　　　그래도 여자가 덜 해.

베로니크   가식적인데다가.

미셸   그래도 여자는 덜 거슬려.

베로니크   둘 다 끔찍해. 왜 당신은 저 사람들 편을 드는 거
야?

(그녀는 튤립에 향수를 뿌린다.)

미셸   내가 그 사람들 편을 든다니, 무슨 소리야?

베로니크   자꾸 붙잡고 늘어지고, 그저 좋게 풀려고만 하잖아.

미셸   아냐!

베로니크   뭐가 아냐. 당신은 패거리 대장 시절 얘기나 하고,
저 사람들에겐 자기네 아들이니 마음대로 하시라
하고, 그 앤 공공의 위험이라 온 세상이 걸린 문
제인데. 그리고 저 여잔 내 책에 토해놓고 말이야!
(그녀는 코코슈카 책에 향수를 뿌린다.)

미셸   *(가리키며)* 여기도….

베로니크   토할 것 같으면 미리 대비하게 되지 않아?

미셸   푸지타 책에도.

베로니크   *(그녀는 전체에 향수를 뿌리며)* 더러워 죽겠어.

미셸	화장실 수세장치 얘기할 땐 뚜껑 열릴 뻔했어.
베로니크	당신 제대로 받아쳤어.
미셸	내가 대답 잘했지?
베로티크	완벽했어. 가게 행차 얘기가 아주 완벽했어.
미셸	얼마나 불쾌한 놈이던지. 그자가 여자를 뭐라 불렀지?
베로니크	투투.
미셸	아 그래, 투투!
베로니크	투투래! *(둘이 키득거린다.)*
알랭	*(드라이기를 들고 돌아와서)* 네, 투투라고 부릅니다.
베로니크	오, 미안합니다. 악의로 한 말은 아니에요. 애칭이라는 게 놀리기 좋잖아요. 우리는 뭐라 부르지, 미셸? 더 웃기잖아?
알랭	드라이기 가져다 달라고 하셨죠?
베로니크	고맙습니다.
미셸	고맙습니다. *(드라이기를 받아들며)* 우리는 차 이름처럼 다즐링이라고 부르죠. 이게 확실히 더 웃겨!

미셸은 드라이기를 켜서 책을 말린다.

베로니크는 젖은 종이를 편다.

미셸   편편하게 잘 펴봐.

베로니크   *(책을 펴며 소리 높여)* 부인께서는 좀 괜찮으세요?

알랭   괜찮은가 봅니다.

베로니크   제 반응이 좀 지나쳤어요. 부끄럽네요.

알랭   아닙니다.

베로니크   카탈로그 얘기를 그렇게 해댔으니, 왜 그랬나 몰라요.

미셸   페이지 좀 넘겨봐. 펴봐. 좀 잘 펴봐.

알랭   그러다 찢어지겠어요.

베로니크   맞아, 그만해 미셸. 말랐어. 제가 물건들에 애착이 심해서. 사실 왜 그런지도 모르죠.

미셸이 카탈로그를 덮자 두 사람은 그 위에 책을 쌓아 올린다.
미셸은 후지타, 돌간족에 관한 책 등을 차례로 말린다.

미셸   이것 봐! 완벽해. 그런데 투투는 어디서 온 말이에요?

46

알랭	파올로 콘테[4]의 노래에서 딴 거예요. 워, 워, 워 하는 노래 있잖아요.
미셸	그 노래 알아요! 나도 알아요! *(흥얼거리며)* 워, 워, 워!… 투투! 하! 하! 우리는 인도로 신혼여행을 다녀오면서 달링을 변형해서 부르게 되었죠. 웃기죠!
베로니크	괜찮으신지 가봐야 할까?
미셸	가봐, 다즐링.
베로니크	그럼 간다…. *(아네트가 돌아온다.)* 오, 아네트! 걱정했어요. 좀 괜찮으세요?
아네트	그런 것 같아요.
알랭	확신이 안 들면 탁자에서 멀찍이 떨어져 있어.
아네트	쓴 수건은 욕조에 넣어두었어요. 어디에 둬야 할지 몰라서.
베로니크	잘하셨어요.
아네트	다 치우셨네요. 미안합니다.
미셸	모든 게 완벽해요. 다 괜찮아요.
베로니크	아네트, 미안합니다. 제가 챙겨드리지 못했네요.

---

4) 이탈리아의 가수.

코코슈카 책에 신경 쓰느라….

아네트 걱정 마세요.

베로니크 제 반응은 최악이었어요.

아네트 아녜요…. *(거북한 침묵이 흐른 뒤)* 욕실에서 한 가지 생각한 게 있어요….

베로니크 뭔데요?

아네트 어쩌면 우리가 너무 빨리 지나친 게 있지 않나 싶어요…. 그러니까 제 말은….

미셸 말씀하세요, 아네트.

아네트 모욕도 폭력이잖아요.

미셸 물론 그렇죠.

베로니크 경우마다 다르지, 미셸.

미셸 그래, 경우마다 다르지.

아네트 페르디낭은 지금껏 한 번도 폭력적이었던 적이 없어요. 이유 없이 그럴 애가 아니에요.

알랭 고자질쟁이 취급을 받았잖아! *(휴대폰이 울린다.)* 미안…. *(아네트에게 용서를 구하는 손짓을 하고 한쪽으로 물러선다.)* 그래요, 단 한 명의 피해자도 나서지 않는다는 조건이라야 해요. 피해자는 안 돼요.

당신이 피해자 편에 서면 안 되죠…. 몽땅 부인하
세요. 안 되면 신문사를 고소해요…. 공식성명 초
안을 팩스로 보내드릴게요. *(전화를 끊는다.)* 고자
질쟁이 취급을 당하면 나도 화가 치밀 겁니다.

미셸　　그게 사실이라면 다르겠죠.

알랭　　뭐라고요?

미셸　　그게 입증된 사실이라면 말입니다.

아네트　　우리 아들이 고자질쟁이라고요?

미셸　　아뇨, 그냥 웃자고 한 말입니다.

아네트　　그렇다면 당신네 아들도 고자질쟁이죠.

미셸　　어째서 그렇죠?

아네트　　페르디낭을 일렀잖아요.

미셸　　그거야 우리가 강요해서죠!

베로니크　　미셸, 이건 주제를 벗어난 얘기잖아.

아네트　　강요해서건 아니건 고발했잖아요.

알랭　　아네트.

아네트　　아네트가 뭐? *(미셸에게)* 우리 아들이 고자질쟁이
라고 생각하세요?

미셸　　저는 아무 생각도 안 해요.

아네트	아무 생각도 안 하신다면 아무 말도 마세요. 그렇게 은근히 암시하는 생각도 하지 마시라고요.
베로니크	아네트, 흥분하지 말자고요. 미셸과 나는 절제하며 공정하려고 애쓰고 있다고요….
아네트	별로 공정한 것 같지 않은데요.
베로니크	어째서요? 왜죠?
아네트	겉으로만 그런 척했죠.
알랭	투투, 나 정말 가봐야 해.
아네트	비겁하기는, 가봐.
알랭	아네트, 이러다 정말 중요한 고객을 놓치겠어. 책임 있는 부모가 어쩌고저쩌고 하는 생트집을 듣느라….
베로니크	우리 아들은 이빨을 두 개나 잃었다고요. 그것도 앞니를요.
알랭	네, 압니다. 알고말고요.
베로니크	하나는 뿌리까지 다쳤다고요.
알랭	이빨이야 해 넣으면 되죠. 더 좋은 걸로 해드리죠! 고막이라도 터진 겁니까?
아네트	문제의 원인을 간과한 게 실수였어요.

베로니크	원인이 어디 있어요. 사람을 때리는 열한 살짜리 아이가 있을 뿐이죠. 막대기로요.
알랭	막대기로 무장하고 말이죠.
미셸	그 말은 뺐잖아요.
알랭	우리가 이의를 제기했으니 뺐죠.
미셸	아무 반론도 제기하지 않고 뺐잖아요.
알랭	실수니 서툰 행동 같은 말은 고의로 배제하셨죠. 어린아이라는 사실도 배제했고요.
베로니크	그런 어조는 참기 힘드네요.
알랭	처음부터 당신과는 말이 안 통했죠.
베로니크	이보세요, 이미 실수라고 인정한 말을 비난하는 소리를 듣고 있자니 정말 불쾌하네요. "무장하고"라는 말은 적절치 않아서 바꿨잖아요. 말의 엄밀한 뜻만 보자면 그리 잘못 쓴 것도 아니지만요.
아네트	페르디낭은 모욕당해서 반응한 거라고요. 누가 공격하면 나라도 방어하죠. 패거리를 상대로 혼자라면 더더욱요.
미셸	다 토해내시더니 아주 생생해지셨네요.
아네트	그 말이 얼마나 상스러운지 알기나 하세요?

미셸	우리 모두 선한 의지를 가진 사람들 아닙니까. 난 네 사람 모두가 그렇다고 생각해요. 이렇게 쓸모없이 짜증 낼 게 뭐 있습니까?
베로니크	오 미셸, 그만해! 분위기 바꿔 보려고 애쓰지 말자고. 우리더러 겉으로만 공정하다는데 뭐하러 그래!
미셸	아냐, 난 그런 비탈길로 안 갈 거야.
알랭	무슨 비탈길 말입니까?
미셸	멍청한 애새끼 둘이 우리를 몰아넣은 비참한 비탈길 말입니다!
알랭	베로는 그런 의견에 동의 안 하실 텐데요.
베로니크	베로니크라고요!
알랭	미안해요.
베로니크	이젠 브뤼노까지 애새끼라는 거야? 가관이군!
알랭	이제, 정말이지 저는 가야겠어요.
아네트	저도요.
베로니크	가세요, 나도 포기했어요.

집 전화기가 울린다.

미셸	여보세요? 엄마… 아뇨, 친구들이 와있긴 한데, 말씀하세요…. 하라는 대로 하세요. 뭐요? 앤트릴을 드신다고요? 잠깐만요, 엄마, 끊지 마세요…. *(알랭에게)* 당신네 그 몹쓸 약이 앤트릴 맞죠? 우리 엄마가 그걸 복용하고 있다네요!
알랭	수천 명이 먹고 있어요.
미셸	그 약 당장 끊으세요. 엄마, 내 말 듣고 있어요? 당장요…. 나중에 설명해드릴게요. 의사한테는 아들이 못 먹게 한다고 말하세요. 왜 빨간색이에요? 누가 본다고요? 그게 무슨 바보 같은 소리예요. 나중에 다시 얘기해요… 사랑해요, 엄마. 다시 걸게요. *(전화를 끊는다.)* 트럭에 치이지 않으려고 빨간색 목발을 빌렸다는군요. 그런 몸으로 밤에 고속도로에서 거닐기라도 할 모양이죠. 고혈압약으로 앤트릴을 드신다네요!
알랭	그걸 드시고 멀쩡하시면 증인으로 모실게요. 내가 머플러를 하고 오지 않았던가? 아, 여기 있네.
미셸	당신의 그 빈정거리는 태도, 정말 불쾌하네요. 우리 어머니한테 조금이라도 증상이 보이면 고소장

맨 위에 내 이름이 있을 거요.

알랭　어쨌든 고소는 당할 겁니다.

미셸　꼭 그렇게 되길 빕니다.

아네트　안녕히 계세요….

베로니크　바르게 행동해봤자 다 소용없어. 정직해봤자 바보만 될 뿐이지. 우리만 약해지고 무장해제될 뿐이지….

알랭　가자고, 아네트, 오늘 분량의 훈계와 설교는 충분히 들었어.

미셸　가세요, 가요. 그래도 이 말은 해야겠어요. 당신들을 만나고 보니, 애 이름이 뭐였지, 페르디낭이 왜 그랬는지 이해가 되네요.

아네트　당신이 그 햄스터를 죽였을 때….

미셸　죽였다고요?

아네트　네.

미셸　내가 햄스터를 죽였다고요?!

아네트　네. 당신은 살인자 주제에 도덕은 주머니에 쑤셔 넣어둔 채, 우리한테만 죄책감을 뒤집어 씌우려고 기를 쓰잖아요.

미셸	난 절대로 햄스터를 죽이지 않았다고요!
아네트	죽인 것보다 더하죠. 겁에 질려 떠는 애를 위험한 곳에 내버려뒀잖아요. 그 불쌍한 애는 분명 개나 쥐한테 잡아먹혔을 거라고요.
베로니크	그건 맞는 말이에요! 맞아요!
미셸	뭐라고, 맞다고!
베로니크	맞지. 당신, 그럼 무슨 말을 기대한 거야! 그 짐승에겐 끔찍한 일이 닥쳤을 거라고.
미셸	난 그 햄스터가 자유롭게 풀어주면 행복할 거라고 생각했어. 기뻐서 하수구 속에서 뛰어다닐 거라고.
베로니크	안 뛰어다녔잖아.
아네트	그냥 내다 버렸잖아요.
미셸	만질 수가 없으니까요! 난 그런 동물은 못 만진다고요. 베로, 당신도 잘 알잖아.
베로니크	설치류를 무서워해요.
미셸	네, 설치류 공포증이 있다고요. 파충류도 무서워해요. 땅에서 기어다니는 건 모조리 무서워한다고요!
알랭	(*베로니크에게*) 그러면 당신은 왜 햄스터를 찾아오

지 않았어요?

베로니크   난 몰랐다고요! 미셸이 애들과 나한테는 다음날 햄스터가 달아났다고 말했으니까요. 그 말을 듣고는 당장 내려가서 풀숲을 한 바퀴 돌아봤죠. 지하실에도 가봤고요.

미셸   베로니크, 왜 이 햄스터 얘기를 꺼내 가지고 내가 이 꼴로 당하게 하는 거야. 이건 우리만의 사적인 일이라고, 지금 상황과는 아무 상관도 없잖아! 나를 살인자로 취급하다니, 이게 말이 되는 일이야! 그것도 내 집에서!

베로니크   당신 집이 이 일과 무슨 상관이야?

미셸   내가 이 집 문을 열어줬으니까! 화합의 정신으로 문을 활짝 열었으니 내게 고마워해야 할 사람들이잖아!

알랭   자존감이 대단하시네요. 참 놀랍네요.

아네트   후회는 안 하세요?

미셸   절대 안 해요. 그 동물이 난 늘 혐오스러웠다고요. 사라져서 얼마나 좋은지 모릅니다.

베로니크   미셸, 멍청한 소리 좀 그만둬.

미셸	뭐가 멍청해? 당신도 미쳐가는 거야? 이 사람들의 아들이 브뤼노를 때렸는데, 햄스터 하나 때문에 날 엿 먹이려는 거야?
베로니크	그 햄스터한텐 당신이 정말 잘못한 거야. 그걸 부정할 순 없다고.
미셸	햄스터 따윈 내 알 바 아니라고!
베로니크	이따 저녁에 딸애한테도 그렇게 말할 수 있나 보자고!
미셸	오라고 해! 아홉 살짜리 코흘리개한테 이래라저래라 소릴 듣고 있진 않을 테니까!
알랭	그 말엔 저도 백 퍼센트 동의합니다.
베로니크	참 보고 있기 딱하네요.
미셸	말조심해, 베로니크, 조심하라고, 지금까지는 내가 참고 있었지만, 손가락만 까딱해도 폭발할 지경이니까.
아네트	브뤼노는요?
미셸	브뤼노가 뭐요?
아네트	슬퍼하지 않나요?
미셸	브뤼노한텐 다른 걱정이 있죠.

베로니크　브뤼노는 깨물이에게 그리 정들지 않았어요.

미셸　깨물이? 이건 또 무슨 해괴한 이름이야!

아네트　댁은 가책을 느끼지 않으면서, 왜 우리 아들은 그러길 바라는 거죠?

미셸　이 바보 같은 논의, 더는 못해요. 우린 호의적으로 대하려고 튤립도 샀고, 마누라는 나를 진보 좌파처럼 둔갑시켰지만 사실 난 자기 통제도 못하고, 성질도 더러워요.

알랭　우리 모두 그렇죠.

베로니크　아니, 아니. 난 후회해요. 우리 모두가 성질이 더러운 건 아니죠.

알랭　그럼, 당신은 빼고요.

베로니크　나를 빼주시다니 참 고맙기도 해라.

미셸　당신은 아니지, 아니고말고, 당신은 깨인 여자니까. 당신은 절대 일탈 같은 건 안 하잖아.

베로니크　왜 그렇게 공격적이야?

미셸　공격적이라니. 그 반대인데.

베로니크　아니, 공격적이잖아.

미셸　당신이 이 자리를 마련했잖아. 난 끌려들었고….

베로니크 끌려들었다고?

미셸 그래.

베로니크 역겨워.

미셸 아니. 당신은 문명을 위해 투쟁하잖아. 그건 당신
한테나 명예로운 거지.

베로니크 맞아, 난 문명을 위해 투쟁해. 누구라도 그러니 다
행이지! *(울음이 터지기 직전이다.)* 당신은 성질 더러
운 게 낫다고 생각해?

알랭 자, 그만 해요….

베로니크 *(울음이 터지기 직전이다.)* 성질이 더럽지 않다고 누
군가를 비난하는 게 정상이냐고?

아네트 그런 말을 한 사람은 없어요. 그런 비난을 한 사람
은 없다고요.

베로니크 있죠!… *(울음을 터뜨린다.)*

알랭 아니에요!

베로니크 그럼 어떡해야 했습니까? 고발이라도 해요? 서로
말도 안 하고, 보험사를 내세워 죽일 듯이 싸워요?

미셸 그만해 베로….

베로니크 뭘 그만해?…

미셸   도를 넘었잖아….

베로니크   상관없어! 치졸하게 굴지 않으려고 애썼는데… 결
         국 수모만 당하고 혼자 남았으니…!

알랭   *(전화기가 울린다.)* 네… "입증하라고 하세요. 그쪽더
         러 입증하라고 해요" 내 생각엔 대답을 안 하는 게
         나아요….

미셸   우린 늘 혼자야! 어디서나! 럼주 마실 분?

알랭   …모리스, 내가 지금 누굴 만나고 있으니 사무실
         에서 다시 걸게요…. *(전화를 끊는다.)*

베로니크   저렇게 새카맣게 부정적인 사람과 살고 있다니.

알랭   누가 부정적인데요?

미셸   나요.

베로니크   세상 최악의 생각이었어요! 이 모임을 갖지 말았
         어야 했어요!

미셸   내가 말했잖아.

베로니크   당신이 말했다고?

미셸   그래.

베로니크   이 모임을 갖지 말자고 말했다고?

미셸   난 좋은 생각이라고 생각하지 않았지.

아네트 생각이야 좋았죠….

미셸 제발 그런 말 마세요! *(럼주 병을 들어 올리며)* 마실 분 계세요?

베로니크 당신은 좋은 생각이 아니라고 하지 않았잖아?!

미셸 그런 것 같은데.

베로니크 그런 것 같다고!

알랭 저, 조금만 주세요.

아네트 가야 한다며?

알랭 상황이 이러니 조금만 마시지 뭐.

(미셸이 알랭에게 술을 따라준다.)

베로니크 내 눈을 똑바로 보고 우리가 이 문제에 동의하지 않았다고 다시 말해봐.

아네트 진정하세요, 베로니크, 진정해요. 그래봤자 아무 의미도 없어요….

베로니크 오늘 아침에 클라푸티를 못 먹게 한 게 누구지? 이분들을 위해 클라푸티를 남겨두자고 말한 게 누구였지? 누가 그랬냐고?

알랭	그건 참 기분 좋은 일이네요.
미셸	그게 무슨 상관이야?
베로니크	어째서 상관이 없어!
미셸	손님맞이는 손님맞이지.
베로니크	거짓말쟁이! 당신은 거짓말을 하고 있어!
알랭	사실 저도 아내한테 끌려왔어요. 존 웨인식 사고에 젖어 자란 남자들은 대화로 이런 상황을 해결할 마음이 없죠.
미셸	하! 하!
아네트	롤모델이 아이반호인 줄 알았는데.
알랭	같은 계열이잖아.
미셸	보완 모델이죠.
베로니크	보완은 개뿔! 대체 어디까지 창피한 꼴을 보이려는 거야!
아네트	저도 괜히 끌고 왔어요.
알랭	투투, 나한테 뭘 바랐던 거야? 이 애칭이 웃기긴 하네. 우주의 조화라도 발견하길 바랐어? 이 럼주 끝내주네요.
미셸	그렇죠! 생트로즈에서 직접 가져온 15년 된 쾨르

드 쇼프입니다.

베로니크 그리고 튤립도 누가 산 거야! 난 그저 튤립이 없는 게 아쉽다고만 말했지, 꼭두새벽부터 꽃집으로 달려가라고 하진 않았다고.

아네트 베로니크, 그러지 말아요. 바보처럼.

베로니크 저 사람이 튤립을 샀다고요! 혼자서! 우리는 왜 술도 안 주는 거야?

아네트 베로니크와 저도 주세요. 그건 그렇고 아이반호와 존 웨인을 외치는 사람이 쥐새끼 한 마리도 잡지 못한다니 우습네요.

미셸 그 햄스터 얘긴 그만하라고요! 그만! *(그는 럼주 한 잔을 아네트에게 따라준다.)*

베로니크 하! 하! 정말 웃기죠!

아네트 베로니크는 왜 안 줘요?

미셸 그럴 필요 없어요.

베로니크 나도 줘.

미셸 아니.

베로니크 미셸!

미셸 싫어.

베로니크는 그의 손에서 술병을 빼앗으려 하고, 미셸은 주지 않으려 한다.

아네트　　대체 왜 그래요, 미셸?

미셸　　자, 자! 마셔, 마시라고, 아무려면 어때.

아네트　　술 마시면 안 되나요?

베로니크　좋기만 한걸요. 어쨌든 이보다 더 나쁠 게 뭐 있어요? *(그녀는 주저앉는다.)*

알랭　　저런… 어째야 할지….

베로니크　*(알랭에게)* 레유 씨….

아네트　　알랭이라고 부르세요.

베로니크　알랭, 당신과 제가 잘 통하진 않지만, 제 말 좀 들어보세요. 보시다시피 저는 인생은 찌질한 거라고 완전히 결론을 내린 남자랑 살고 있어요. 그런 편견 속에 틀어박혀서 무엇 하나 바꾸려 들지 않고 걸핏하면 성질을 내는 남자랑 사는 게 얼마나 힘든지 몰라요….

미셸　　이분은 그런 것 아무 상관 안 해. 완전히 무시하잖아.

베로니크 그래도 우린 교정이 가능하다고 믿어야 하지 않나
         요?

미셸   이분한테는 그런 얘기가 씨도 안 먹힌다니까.

베로니크 난 누구든 내가 말하고 싶은 사람에게 말한다고,
         제길!

미셸   (전화가 울린다.) 또 누구야? 네, 엄마… 괜찮아요.
         이가 부러지긴 했지만 괜찮아요. 아프긴 하지만 괜
         찮아질 거예요. 지금 바쁘니까 나중에 전화할게요.

아네트   애가 아직도 아파해요?

베로니크 아뇨.

아네트   그런데 왜 어머니한테 걱정을 끼쳐요?

베로니크 늘 그러니까요. 항상 걱정을 끼쳐야 하나 봐요.

미셸   제발 그만 좀 해, 베로니크. 무슨 사이코 드라마라
         도 찍는 거야?

알랭   베로니크, 우리가 자기 자신 말고 다른 것에 관심
         이 있을까요? 우리 모두는 교정이 가능하리라고
         믿고 싶죠. 사심에서 해방될 수만 있다면 교정 장
         인이 되겠죠. 그런데 그런 장인이 존재할까요? 어
         떤 이들은 느릿느릿 끌려가듯 사는데, 그건 그들

의 방식이죠. 또 어떤 이들은 흘러가는 시간을 보지 않으려고 매사에 기를 쓰지만, 뭐가 다르죠? 인간은 어쨌든 죽을 때까지 꿈틀거리죠. 교육이니 세상의 불행이니⋯. 당신은 다르푸르에 관한 책을 쓴다고 하셨죠, 그래요, 어떤 생각을 했을지 감이 오네요. 그래, 학살에 관해 써야겠어. 역사엔 온통 학살뿐이니까. 그중 하나를 골라 책을 써야지. 자기 구원이야 제 능력껏 하는 거니까요.

베로니크 나는 나를 구하려고 책을 쓰는 게 아니에요. 읽지 않으셨으니 무슨 내용이 담겼는지 모르잖아요.

알랭 아니면 말고요.

사이.

베로니크 콜롱 냄새가 지독하네!

미셸 고약하네.

알랭 많이도 뿌리셨잖아요.

아네트 미안합니다.

베로니크 당신 잘못이 아니에요. 제가 신경질적으로 뿌린

거죠. 왜 우리는 가벼워지지 못할까요, 왜 모든 게
이렇게 힘들까요?

알랭 너무 생각이 많아서 그래요. 여자들은 생각이 너
무 많아요.

아네트 참 독창적인 대답이네. 황당하죠?

베로니크 생각이 많다는 게 무슨 말인지 모르겠네요. 세상
에 대한 도덕적 개념이 없다면 삶에 무슨 의미가
있는지 모르겠어요.

미셸 나 봐, 잘살고 있잖아!

베로니크 입 다물라고! 조용히 해! 그렇게 은근슬쩍 넘어가
려는 거 역겨워! 혐오스러워!

미셸 웃자고 한 얘기야!

베로니크 난 유머 감각 같은 거 없고, 갖고 싶지도 않아.

미셸 나는 부부야말로 신이 내린 가장 가혹한 시련이라
고 생각해요.

아네트 대단하시네.

미셸 부부와 가정생활이 그래요.

아네트 미셸, 당신의 관점을 우리와 공유 안 하셔도 돼요.
좀 무례하다 싶기도 하니까요.

베로니크 저 사람은 그런 거 신경도 안 써요.

미셸 동의 안 하세요?

아네트 논점에서 벗어난 말이잖아요. 알랭, 무슨 말이라도
      해봐.

알랭 누구나 원하는 대로 생각할 권리는 있잖아.

아네트 그렇다고 저렇게 떠벌릴 필요는 없지.

알랭 그래, 그런지도 모르겠네….

아네트 저 사람들 결혼생활엔 관심 없어. 애들 문제를 해
      결하러 온 거지. 저들 결혼생활에 난 관심 없다고.

알랭 그래, 그렇지만….

아네트 그렇지만 뭐? 무슨 말이 하고 싶은 거야?

알랭 상관있는 일이지.

미셸 상관있죠! 물론 상관있지요!

베로니크 브뤼노가 이빨 두 개가 부러진 게 우리 결혼생활
      과 무슨 상관이야?

미셸 당연히 있지!

아네트 무슨 소린지 모르겠군요.

미셸 상황을 뒤집어 생각해 보자고요. 그러면 우리가
      처한 상황에 감탄하게 될 겁니다. 아이들은 우리

의 삶을 빨아들여 망가뜨리죠. 아이들은 우리를 파탄으로 이끈다고요. 그게 자연의 법칙이죠. 웃으면서 결혼생활 속으로 들어서는 부부를 보면, 저들은 모르고, 저 가련한 이들은 아무것도 모르고 좋아한다 싶어요. 처음엔 아무도 얘기해주지 않으니까요. 군대 동기 하나가 젊은 여자와 함께 아이를 갖는다길래 내가 말했죠. 그 나이에 아이를 갖겠다니 미쳤군! 암이나 뇌졸중에 걸리기 전까지 기껏해야 10년이나 15년쯤 남았을 텐데, 애새끼를 키우느라 생고생을 하겠다고?

아네트   지금 생각은 하고 말씀하시는 거예요?

베로니크   정말 저렇게 생각하는 거예요.

미셸   물론 생각하죠. 사실은 더 최악을 생각합니다.

베로니크   맞아요.

아네트   점점 추해지네요, 미셸

미셸   그래요? 하, 하!

아네트   베로니크, 그만 울어요. 그러니까 남편분이 더 신나 하시잖아요.

미셸   *(알랭의 빈 잔을 채우며)* 자, 자, 끝내주죠?

알랭   끝내줍니다.

미셸   시가 하나 드릴까요?

베로니크 안 돼, 여기서 시가는 안 돼!

알랭   할 수 없죠.

아네트   이젠 시가까지 피우겠다고!

알랭   아네트, 난 하고 싶은 대로 할 거야. 내가 시가를
          피우고 싶으면 피우는 거지. 내가 안 피우는 건 베
          로니카를 자극하지 않기 위해서라고. 그렇잖아도
          이미 머리끝까지 화가 나 있으니. 이 사람 말이 맞
          아요. 그만 훌쩍이세요. 여자가 울면 남자들은 극
          단적으로 처신하게 되죠. 이런 말 하기 좀 뭣하지
          만, 미셸의 관점엔 근거가 있어요. *(휴대폰이 진동한
          다.)* 세르주, 말해봐…. 파리를 집어넣고… 정확한
          시간을 명기해….

아네트   정말 못 참겠네!

알랭   (화를 피하기 위해 멀리 떨어지며) 보내는 시간을 적
          어. 막 나온 것처럼 보여야 해. 아냐, '놀랍다'보다
          는 '규탄한다'를 쓰고. '놀랍다'는 약해 보여.

아네트   저는 아침부터 저녁까지 내내 이런 꼴을 보고 살

아요. 온종일 전화기를 붙들고 있죠! 우린 전화에 난도질당하는 삶을 살고 있다고요!

알랭 음… 잠깐만…. *(전화기를 가리고)* 아네트, 아주 중요한 전화야!

아네트 언제 안 중요한 전화 있어? 바깥에서 벌어지는 일이 항상 더 중요하지.

알랭 *(다시 통화하며)* 말해봐… 그래…. '수법' 말고. '작전'. 회사 주가발표 2주 전에 개입한 '작전'.

아네트 길에서도, 식탁에서도, 어디에서나 저래요….

알랭 '연구'란 말에 따옴표 달고! 연구를 따옴표 속에 넣으라고….

아네트 이젠 아무 말도 안 해요. 완전히 항복했죠. 또 토할 것 같네요.

미셸 양동이 어디 있지?

베로니크 몰라.

알랭 그럼 그냥 내 말을 인용해. "이는 개탄스러운 주가 조작 시도로…."

베로니크 양동이 저기 있네요. 저기에 대고 하세요.

미셸 여보.

베로니크   이젠 됐어요. 대비하고 있으니까….

알랭   "…고객의 상황과 주가를 흔들려는 시도", 라고 베
렌츠 제약회사 변호사 레유 씨는 주장한다. A.F.P.,
로이터, 연합통신, 등등 모조리…. *(전화를 끊는다.)*

미셸   또 토할 것 같대요.

알랭   당신 왜 그래!

아네트   신경써줘서 감동이네.

알랭   걱정하는 거잖아!

아네트   미안해. 오해해서.

알랭   아네트, 제발! 우리까지 이러진 말자고. 저분들이
싸우고, 저 부부가 망가졌다고 우리까지 그럴 것
없잖아!

베로니크   무슨 근거로 우리 부부가 망가졌다는 거죠? 무슨
권리로?

알랭   *(휴대폰이 진동한다.)* 방금 읽어줬어요. 곧 보내드릴
게요, 모리스. 주가조작. 곧 연락드리죠 *(전화를 끊*
는다.) 그 말은 내가 한 게 아니라 프랑수아잖아요.

베로니크   미셸입니다.

알랭   미셸, 미안합니다.

베로니크 우리 가족을 멋대로 판단하지 마세요.

알랭 우리 아들도 멋대로 판단하지 마세요.

베로니크 그건 다른 문제잖아요! 댁 아들은 우리 아들을 때렸다고요!

알랭 어린애들이잖아요. 애들은 운동장에서 늘 싸우죠. 그게 삶의 법칙이고요.

베로니크 아뇨, 그건 아니죠!

알랭 맞아요. 폭력의 권리를 대체할 일정한 교육은 필요하죠. 그러나 애초엔, 다시 말하지만, 힘이 권리죠.

베로니크 원시인들 사이에선 그랬는지 몰라도, 지금 세상엔 아니죠.

알랭 지금 세상요! 지금 세상이 어떤지 설명 좀 해보시죠.

베로니크 당신 정말 피곤한 사람이네요. 이런 대화에 정말 지쳤어요.

알랭 베로니크, 난 대학살의 신을 믿어요. 태곳적부터 전적으로 군림해온 유일한 신이죠. 아프리카에 관심 있다고 하셨죠. *(토하려는 아네트에게)* … 괜찮아?

아네트 나한테 신경 쓰지 마.

알랭 어떻게 신경을 안 써.

아네트 괜찮다고.

알랭 제가 얼마 전에 콩고에 다녀왔거든요. 그곳에선 아이들이 여덟 살부터 사람 죽이는 훈련을 받더군요. 아이들이 수백 명을 죽일 수 있어요. 칼, 총, 칼라슈니코프 소총, 그러네이드 런처로 말이죠. 그러니 내 아들이 아스피랑-뒤낭 공원에서 나뭇가지로 친구의 이빨을 하나, 심지어 둘 부러뜨려도 그 사람들은 당신처럼 기겁하고 화내지 않아요.

베로니크 그건 잘못된 거죠.

아네트 *(영국 악센트로)* 그러네이드 런처래!

알랭 맞아, 그렇게 불러.

아네트가 양동이에 침을 뱉는다.

미셸 괜찮아요?

아네트 문제없어요.

알랭 대체 뭐가 문제야? 왜 저러는 거죠?

아네트 위액만 나와! 괜찮다고!

베로니크 아프리카에 대해 절 가르치려 들지 마세요. 아프리
         카의 수난에 대해서는 아주 잘 알고 있다고요. 몇
         달째 그 문제에 빠져 있으니까요….

알랭   어련히 그러시겠죠. 그런데 국제형사재판소의 검사
         가 다르푸르에 관한 수사에 착수했다더군요.

베로니크 그걸 지금 내게 가르쳐준다고 생각하시는 거예요?

미셸   그 얘기 시작하게 하지 마세요! 제발!

    *베로니크가 남편에게 달려들고, 설명할 길 없는 극심한 절망
에 사로잡혀 몇 차례 때린다.*
    알랭이 그녀를 말린다.

알랭   당신에게 호감이 생기기 시작했어요!

베로니크 난 아니에요!

미셸   세계 평화와 안정을 위한다고 과시하더니.

베로니크 입 닥치라고!

    아네트는 구역질을 한다.
    그녀는 럼주 잔을 들고 입으로 가져간다.

미셸   괜찮으시겠어요?

아네트   네, 네, 마시면 나을 것 같아요.

베로니크도 따라 마신다.

베로니크   여긴 프랑스라고요. 킨샤사가 아니라! 우린 서구
          사회의 관습을 지키며 프랑스에서 살고 있다고요.
          아스피랑-뒤낭 공원에서 일어난 일은 서구 사회의
          가치와 관계된 문제라고요. 당신들이야 뭐라 생각
          하든, 난 여기 속하는 게 행복해요!

미셸   남편을 때리는 것도 관습에 속하나….

베로니크   미셸, 정말 끝장 보고 싶은 거야!

알랭   아까 보니 무섭게 덤벼드시던데요. 나라면 고분고
          분하겠어요.

베로니크   다시 덤벼볼까요?

아네트   저 사람은 당신을 놀리고 있어요, 모르시겠어요?

베로니크   신경 안 써요.

알랭   오히려 반대예요. 도덕은 우리에게 충동을 억제하
          라고 하죠. 하지만 때론 억제하지 않는 것도 좋아

요. 섹스하면서 찬송가를 부르고 싶진 않잖아요.
이 럼주 여기서 살 수 있습니까?

미셸 이 제조연도는 못 구하죠!

아네트 그러네이드 런처! 하! 하!…

베로니크 *(똑같이)* 그러네이드 런처, 진짜 웃겨요!

알랭 네, 그러네이드 런처라고 해요.

아네트 왜 그냥 유탄 발사기라고 하지 않아?

알랭 다들 그러네이드 런처라고 부르니까. 아무도 유탄
발사기라고 안 해. 다들 12구경 대포라고 하지 않
고 그냥 트웰브라고 하듯이.

아네트 '다들'이 누군데?

알랭 아네트, 그만해. 그만 좀 하라고.

아네트 우리 남편처럼 대단한 인사가 하찮은 동네일에 관
심을 기울이지 못하는 것쯤이야 이해해줘야죠.

알랭 그렇지.

베로니크 이유를 모르겠어요. 이유를. 우리 모두 세상의 시민
들인데. 왜 공동체를 포기해야 하는지 모르겠어요.

미셸 오, 베로! 그 잘난 개소리 좀 집어치워!

베로니크 죽이고 말 거야.

알랭	*(휴대폰이 진동한다.)* 그래, '개탄스러운'을 빼고… '상스러운'으로 가. 이건 상스러운 시도라고….
베로니크	당신 말이 맞아요. 도무지 견딜 수가 없네요.
알랭	나머지는 괜찮대? 좋아. 아주 좋아. *(전화를 끊는다.)* 무슨 얘기를 하던 중이었죠? 그러네이드 런처?
베로니크	남편이야 무슨 생각을 하든, 저는 여기서건 어디서 건 우리가 경계를 늦추지 말아야 한다고 생각해요.
알랭	경계라… 그렇죠…. 아네트, 당신 그런 상태에서 술 마시면 안 되잖아….
아네트	내 상태가 어때서? 오히려 마셔야 해.
알랭	그 생각 흥미롭네요…. *(전화기가 울린다.)* 네, 아니, 공식성명이 나가기 전까지 인터뷰는 절대 안 돼.
베로니크	이봐요, 그 견디기 힘든 통화 좀 그만하시죠!
알랭	절대 안 돼…. 주주들은 상관하지 않을 거라고…. 주주들의 주권에 대해 좀 말해주라고….

아네트는 알랭이 있는 곳으로 가서 전화기를 빼앗아 어디에 둘까 잠시 찾다가… 튤립 화병 속에 집어넣는다.

알랭   아네트, 뭐 하는 짓이야!

아네트   됐어.

베로니크   하, 하, 브라보!

미셸   *(질겁하며)* 맙소사!

알랭   당신 완전히 미쳤구나! 젠장!

그는 화병 쪽으로 달려가지만, 미셸이 앞질러 젖은 전화기를 꺼낸다.

미셸   드라이기! 드라이기 어디 있어?! *(그는 드라이기를 찾아서 이내 휴대폰을 향해 켠다.)*

알랭   정신병원에 집어넣어야겠어! 어처구니가 없네! 모든 게 저기 들었는데! 새 휴대폰이라 몇 시간 동안이나 세팅했는데!

미셸   *(아네트에게; 요란한 드라이기 소리 너머로)* 정말이지 이해할 수가 없네요. 이렇게 무책임한 행동을 하다니.

알랭   나의 모든 게, 내 인생 전부가 들었는데….

아네트   인생 전부가 들었대요!

미셸 　*(여전히 드라이기 소리 너머로)* 잠깐만요, 어쩌면 살릴 수 있을지도 몰라요….

알랭 　아뇨! 틀렸어요!

미셸 　배터리와 유심을 빼야 해요. 어떻게 열죠?

알랭 　*(열려고 애쓰다가)* 산 지 얼마 되지 않아 모르겠어요….

미셸 　해보세요.

알랭 　끝났어요…. 이게 웃겨, 이게 웃기냐고!

미셸 　*(손쉽게 연다.)* 됐어요. *(배터리와 유심을 뺀 뒤 다시 드라이기로 말리며)* 적어도 베로니크 당신은 이게 하나도 웃기지 않다는 걸 알아야지!

베로니크 　*(진심으로 웃으며)* 우리 남편은 오후 내내 뭘 말리고 있어요!

아네트 　하, 하, 하!

　아네트는 거침없이 럼주를 다시 따라 마신다.

　미셸은 웃음에 굴하지 않고 정성을 기울인다. 잠시 드라이기 소리만이 들린다.

　알랭은 주저앉는다.

알랭 놔두세요. 놔둬요. 소용없어요….

미셸이 마침내 드라이기 작동을 멈춘다.

미셸 기다려봐요…. *(잠시 후)* 집 전화 쓰실래요?

알랭은 고개를 젓는다.

미셸 정말이지….

아네트 무슨 말이 하고 싶으신 거예요?

미셸 아니, 할 말이 없네요.

아네트 난 기분이 나아졌는데요. 기분이 좋아진 것 같아
         요. *(사이)* 조용하네요, 안 그래요? 남자들은 물건
         에 엄청 집착하는데, 그럴수록 작아 보일 뿐이죠.
         권위도 사라지고요. 남자는 손이 자유로워야 해
         요. 작은 가방조차 난 거슬리더라고요. 언젠가 한
         남자가 마음에 들었는데, 어깨끈 달린 네모난 가
         방을 메고 나온 걸 보고는 그걸로 끝났죠. 어깨끈
         달린 가방이라니, 그보다 최악이 없죠. 그런데 손

에 든 휴대폰도 최악이에요. 남자는 혼자라는 인상을 풍겨야 해요. 난 그렇게 생각해요. 혼자일 수 있어야 한다는 말이에요. 나도 존 웨인 같은 남성상을 갖고 있다고요. 그가 뭘 가지고 다녔죠? 콜트 한 자루죠. 싹 비워버리는 물건이죠…. 혼자라는 인상을 풍기지 않는 남자는 믿음이 안 가요…. 미셸, 이젠 좋으시겠어요. 우리의 작은 모임이 끝장 났으니 말예요…. 뭐라고 하셨더라? 쓰신 표현을 잊었네요. 하여튼, 저는 거의 기분이 좋아졌어요.

미셸　　럼주가 사람 미치게 한다는 건 아셔야죠.

아네트　저는 그 어느 때보다 정상이에요.

미셸　　물론 그러시겠죠.

아네트　이제야 기분 좋게 평온한 마음으로 사태를 볼 수 있게 되었어요.

베로니크　하, 하! 잘됐네요! 기분 좋은 평온함이라니!

미셸　　다즐링, 당신은 그렇게 대놓고 망가져서 얻을 게 뭐야.

베로니크　닥쳐.

미셸이 시가 상자를 가지러 간다.

미셸   알랭, 고르세요. 기분 푸세요.

베로니크   집 안에서 담배 피우지 말라고!

미셸   호요나 D4, 시장이 피우고, 국회의원이 피우는 호
         요….

베로니크   천식 앓는 아이가 있는 집에서 담배를 피우겠다고!

아네트   누가 천식을 앓아요?

베로니크   우리 아들요.

미셸   더러운 햄스터는 길렀잖아.

아네트   맞아요, 천식에는 동물을 안 기르는 게 좋죠.

미셸   절대 기르지 말아야죠!

아네트   금붕어조차 안 좋을 수 있다더라고요.

베로니크   그런 바보 같은 소리 듣고 있어야 하나요? *(그녀는
         미셸의 손에서 시가 박스를 빼앗아 거칠게 닫는다).* 안
         타깝게도 기분 좋게 평온한 마음으로 사태를 보
         지 못하는 건 저뿐인 것 같네요! 이렇게 불행했던
         적이 없어요. 내 평생 오늘이 가장 불행한 날인 것
         같네요.

미셸	당신은 술 취해도 불행해져.
베로니크	미셸, 당신이 내뱉는 말 한마디 한마디가 날 무너뜨려. 난 술 취한 게 아냐. 당신이 마치 신도들에게 거룩한 성의聖衣라도 보여주듯 내놓는 그 빌어먹을 럼주 한 방울을 마셨을 뿐 취한 게 아니라고. 취하지 못하는 게 아쉬워. 슬픔을 피해 술잔 속으로 달아날 수 있으면 좋을 텐데.
아네트	우리 남편도 불행해요. 저 꼴 좀 보세요. 구부정하고, 길가에서 버림받은 꼴이에요. 저 사람에게도 오늘이 평생 가장 불행한 날일 거예요.
알랭	맞아.
아네트	미안해 투투.

미셸은 휴대폰 부속품을 다시 드라이기로 말린다.

베로니크	그 드라이기 좀 그만 꺼! 그 전화기는 죽었어!
미셸	*(집 전화기가 울린다.)* 네, 엄마, 손님이 있다고 했잖아요. 엄마를 죽일지도 모르는 약이라서 그래요. 독이라고요! 설명해줄 누굴 좀 바꿔 드릴게요. *(전*

화기를 알랭에게 건넨다.) 말 좀 해주세요.

알랭　뭘 말해요?

미셸　그 쓰레기 같은 약에 대해 아는 걸 말하라고요.

알랭　…안녕하세요, 어머니?

아네트　저 사람이 무슨 말을 할 수 있겠어요? 아는 게 쥐 뿔도 없어요!

알랭　…네, 통증이 있으세요? 물론이죠. 수술을 받으면 나으실 거예요. 다른 쪽 다리도요. 아뇨, 아뇨, 전 정형외과 의사가 아니에요. *(수화기를 손으로 가리며)* 나를 의사 선생님이라 부르시네요.

아네트　의사 선생님이라니, 어이가 없네. 어서 끊어.

알랭　그런데… 혹시 걸을 때 균형 문제는 없으세요? 아 녜요. 전혀요. 전혀 아닙니다. 사람들이 하는 말 다 들을 것 없어요. 그래도, 얼마 동안은 복용을 멈추 시는 것도 좋아요. 편안히 수술을 받으실 동안이 라도…. 네, 아주 건강해 보이시는데요…. *(미셸이 전화기를 빼앗는다.)*

미셸　엄마, 알아들으셨죠. 그 약 그만 드세요. 얘기 그만 하시고 들으신 대로 하세요. 다시 전화할게요. 사랑해요. *(전화를 끊는다.)* 피곤해요. 사는 게 참 피곤해요!

아네트 그럼, 어쩌죠? 오늘 저녁에 페르디낭을 데리고 다시 올까요? 결정해야죠. 이젠 아무도 상관 안 하는 것 같네요. 그것 때문에 여기 온 건데.

베로니크 이젠 내가 속이 안 좋네요. 양동이 어디 있지?

미셸 *(럼주병을 아네트 근처에서 치우며)* 이제 그만 드세요.

아네트 내 생각엔 양쪽 다 잘못이 있는 것 같아요. 쌍방 과실이죠.

베로니크 진심으로 하는 말이에요?

아네트 뭐라고요?

베로니크 지금 생각하고 하는 말이냐고요?

아네트 네, 그럼요.

베로니크 우리 아들 브뤼노는 지난밤에 진통제를 두 알이나 먹어야 했는데, 우리 애가 잘못했다고요?

아네트 그렇다고 잘못이 없는 건 아니죠.

베로니크 꺼져요! 이젠 지긋지긋하니. *(아네트의 가방을 집어서 문 쪽으로 던진다.)* 꺼지라고요!

아네트 내 가방! *(어린 소녀처럼)* 알랭!

미셸	대체 무슨 일이야? 다들 제정신이 아니야.
아네트	*(사방으로 흩어진 물건을 주워 담으며)* 알랭, 도와줘!
베로니크	알랭-도와줘!
아네트	입 닥쳐! 저 여자가 내 콤팩트를 깼어! 내 향수도! *(알랭에게)* 왜 내 편을 안 드는 거야. 왜 내 편을 안 들어주냐고!
알랭	가자고. *(그는 휴대폰 부속물들을 챙긴다.)*
베로니크	누가 들으면 내가 목이라도 조르는 줄 알겠어요!
아네트	내가 어쨌다고 이래요!
베로니크	양쪽에 잘못이 있는 게 아니라고요. 피해자와 학대자를 혼동하지는 말아야죠.
아네트	학대자라고!
미셸	베로니크, 당신 그만 좀 해. 그 잘난 개소리 지긋지긋해!
베로니크	난 주장할 거야.
미셸	그래, 당신은 주장하지, 늘 주장하잖아. 수단의 깜둥이들에게 쏟던 열성을 이젠 온 사방에 쏟고 있잖아.
베로니크	정말 끔찍하네. 왜 그렇게 대놓고 야비하게 구는

거야?

미셸   그러고 싶으니까. 대놓고 야비하게 굴고 싶다고.

베로니크   그쪽 세상에서 일어나는 일의 심각성을 언젠가는 깨닫게 될 거야. 그러면 그렇게 비열하게 냉소적인 태도로 아무것도 하지 않았던 게 부끄러워질 거라고.

미셸   그래, 당신은 훌륭해! 우리 중에서 최고로 훌륭해!

베로니크   그렇고말고.

아네트   알랭, 가요. 이 사람들은 괴물들이야! *(잔을 비우고 병을 다시 집어든다.)*

알랭   *(술을 마시지 못하게 막으며)* 그만 마셔, 아네트.

아네트   아니, 더 마실래. 꽐라가 될 때까지 마실래. 저 머저리 같은 여자가 내 가방을 집어 던져도 아무도 꿈쩍 안 하니 난 취해야겠어!

알랭   당신 이미 많이 취했어.

아네트   어째서 당신은 아들이 학대자 취급을 받아도 가만히 있는 거야? 사태를 해결하려고 이 집에 와서 수모당하고, 윽박질을 당하질 않나, 지구 시민 운운하는 훈계까지 듣고, 우리 아들이 당신네 애를 때려서 아주 속 시원해, 당신네 권리 따윈, 개나 줘버려!

미셸   술 좀 마시니 본색이 드러나네. 상냥하고 조심스럽고 우아하던 여자는 어디 갔나….

베로니크   내가 말했잖아! 말했지!

알랭   무슨 말을 했는데요?

베로니크   가식적이라고요. 가식적인 여자라고.

아네트   *(참담해하며)* 하, 하, 하!…

알랭   그런 말을 언제 한 거죠?

베로니크   당신들이 욕실에 있을 때죠.

알랭   본 지 15분밖에 안 됐는데, 가식적이라는 걸 바로 알았군요.

베로니크   난 그런 건 금방 감지하거든요.

미셸   그건 맞아요.

베로니크   난 그런 쪽으로는 감이 있어요.

알랭   가식적이라니, 어떻다는 거죠?

아네트   듣고 싶지 않아. 알랭, 왜 내가 그걸 들어야 하는데!

알랭   진정해, 투투.

베로니크   뭐든 대충 넘어가려는 여자죠. 예의 바른 것 같지만, 실은 당신보다 더 신경을 안 쓰죠.

미셸 맞아.

베로니크 맞다니까! 맞죠?

미셸 저 사람들은 콧방귀도 안 뀌어! 처음부터 그랬지. 여자도 그래, 당신 말이 맞아.

알랭 그러는 당신은요? *(아네트에게)* 말하게 냅둬. 미셸, 당신은 뭐에 그렇게 신경 썼는지 말 좀 해보시죠. 게다가 신경 쓴다는 게 무슨 뜻입니까? 당신이 대놓고 야비하게 굴 때가 훨씬 더 믿음이 가네요. 사실 이 자리에 있는 누구도 신경 안 써요. 베로니크만 빼고요. 베로니크가 솔직한 건 인정하겠어요.

베로니크 당신 인정 같은 것 필요 없어! 당신 인정 따위 필요 없다고!

아네트 난 신경 써. 나도 완전히 신경 쓴다고.

알랭 우리는 히스테리 부리는 방식으로 신경 쓰지. 아네트, 사회운동하는 영웅처럼은 아니잖아. *(베로니크에게)* 요전에 TV에서 당신 친구 제인 폰다를 봤는데, 하마터면 KKK단 포스터를 살 뻔했죠.

베로니크 왜 내 친구라는 거죠? 제인 폰다가 이 일과 무슨 상관이에요!

알랭 같은 유형이니까요. 당신들은 문제를 해결하려고 개입하는 여자들이잖아요. 우리가 좋아하는 여자들은 아니죠. 우리가 좋아하는 건 섹시미와 광기, 호르몬 넘치는 그런 여자들입니다. 통찰력을 과시하며 세상을 지키겠다고 나서는 여자들을 보면 우리는 반감이 들죠. 당신 남편 저 불쌍한 미셸도 반감을 느꼈을 겁니다.

미셸 내 이름 들먹이지 마요!

베로니크 당신이 어떤 여자들을 좋아하는지는 전혀 관심 없다고요! 그따위 같잖은 소리는 듣고 싶지 않다고요! 당신 같은 남자의 의견은 아무도 관심 없다니까!

알랭 소리도 잘 지르시네. 꼭 19세기 참치잡이 배의 수병장 같은데요!

베로니크 저 여자는 소리 안 질러요? 못된 애새끼가 우리 애를 때려서 속이 후련하다고 소리쳤잖아요?

아네트 잘 때렸고 말고요! 적어도 나약한 호모는 아니죠.

베로니크 고자질쟁이 아들이 나은가 보죠?

아네트   알랭, 가자고! 이 너절한 집에서 여태 뭘 하고 있는
         거야? *(그녀는 떠나려다가 다시 튤립 쪽으로 돌아와서
         꽃을 세차게 후려친다. 꽃들이 허공을 날아서 사방으로
         흩어진다.)* 자, 보라고, 당신네 형편없는 튤립을 내
         가 어쩌는지. 당신네 추악한 튤립을 보라고… 하,
         하, 하!… *(그녀는 울음을 터뜨리며 무너진다.)* 내 인
         생 최악의 날이야.

         침묵.
         망연자실의 시간이 길게 흐른다.
         미셸이 바닥에서 뭔가를 줍는다.

미셸   *(아네트에게)* 이거 당신 거죠?
아네트   *(안경집을 받아서 열더니 안경을 꺼낸다).* 고마워요….
미셸   안 깨졌어요?…
아네트   네.

         사이.

미셸   나는….

알랭이 꽃가지와 꽃잎을 주우려 한다.

미셸   그냥 두세요.
알랭   그래도….

전화기가 울린다.
머뭇거리다가 베로니크가 전화를 받는다.

베로니크 그래, 그랬구나…. 아나벨 네 집에 가서 숙제할래?
        아냐, 아냐, 아직 못 찾았어…. 그래 프랑프릭스까
        지 가봤지. 알잖아, 깨물이는 똑똑해서 잘 알아서
        할 거야. 믿어야 해. 깨물이가 우리 집에서 행복했
        다고 생각해? 아빠도 슬퍼. 아빠는 네가 슬퍼할까
        봐 그랬던 거야. 그렇다니까. 아빠한테 얘기해봐.
        있잖아, 엄마 아빠가 네 오빠 문제로 좀 골치가 아
        프니까… 알아서 먹을 거야. 나뭇잎도 먹고, 도토
        리도 먹고 할 거야. 뭘 먹어야 하는지 알아… 벌레,

달팽이, 쓰레기통에서 나오는 것도 먹을 거야. 햄스
터는 우리처럼 잡식성이거든. 이따가 보자.

사이.

미셸　　　지금 시간이면 푸짐하게 먹고 있을 거야.
베로니크　아냐.

침묵.

미셸　　　어떻게 알아?

대학살의 신

첫판 1쇄 펴낸날 2024년 10월 18일

지은이 | 야스미나 레자
옮긴이 | 백선희
펴낸이 | 박남주

펴낸곳 | (주)뮤진트리
출판등록 | 2007년 11월 28일 제2015-000059호
주소 | 서울시 마포구 토정로 135 (상수동) M빌딩
전화 | (02)2676-7117 팩스 | (02)2676-5261
전자우편 | geist6@hanmail.net
홈페이지 | www.mujintree.com

ISBN 979-11-6111-135-3 03860

* 책값은 뒤표지에 있습니다.